❈ 给琳达 ❈

亨利去爬山
Hengli Qu Pashan

出品人：柳　漾
项目主管：石诗瑶
策划编辑：柳　漾
责任编辑：陈诗艺
助理编辑：曹务龙
责任美编：邓　莉
责任技编：李春林

图书在版编目（CIP）数据

亨利去爬山／（美）D.B. 约翰逊著绘；柳漾译.
桂林：广西师范大学出版社，2018.6
（魔法象. 图画书王国）
书名原文：Henry Climbs a Mountain
ISBN 978-7-5598-0695-6

Ⅰ. ①亨… Ⅱ. ① D…②柳… Ⅲ. ①儿童故事－图画故事－美国－现代 Ⅳ. ① I712.85

中国版本图书馆 CIP 数据核字（2018）第 037557 号

广西师范大学出版社出版发行
（广西桂林市五里店路 9 号　邮政编码：541004）
网址：http://www.bbtpress.com
出版人：张艺兵
全国新华书店经销
北京尚唐印刷包装有限公司印刷
（北京市顺义区牛栏山镇腾仁路 11 号　邮政编码：101399）
开本：787 mm×1 150 mm　1/12
印张：$2\frac{8}{12}$　插页：8　字数：39 千字
2018 年 6 月第 1 版　2018 年 6 月第 1 次印刷
定价：39.80 元

如发现印装质量问题，影响阅读，
请与印刷厂联系调换。

魔法象

为你朗读，让爱成为魔法！
The Magic Elephant Books

亨利去爬山

[美]D.B.约翰逊/著·绘　　柳 漾/译

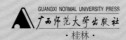

GUANGXI NORMAL UNIVERSITY PRESS
广西师范大学出版社
·桂林·

亨利想去爬山，可他只有一只鞋子。

另一只送到鞋匠那儿修了。"顺路把鞋取回来。"他想。

但是，在去鞋匠铺的路上，亨利被收税员山姆拦了下来。"亨利，你还没交税！"

"给一个允许农场主蓄奴的政府交税？想都别想！"亨利说。

"你必须交税，不然得坐牢。"山姆说。

"那你把我关进牢里吧！"亨利说。山姆就这么做了。

牢门"砰"的一声关了。

亨利躺在床上，盯着白色的墙壁，还有白色的天花板。

他把光着的那只脚顶在墙上。

"要是另一只鞋也在就好了。"亨利想。

亨利从口袋里掏出一支蜡笔，在墙上画了一只鞋子。

在鞋子旁边，他画了一朵花，又在上面加了一只蜂鸟。

然后，他画了一棵树，蜂鸟就住在上面。

树下，他画了一条小路。小路穿过小溪，一直延伸到一座山上。

哎呀，亨利弄湿了鞋子。

亨利一边画，一边唱：

大熊翻过了一座山，大熊翻过了一座山，大熊翻过了一座山，去看看能看到什么。

亨利沿着瀑布向上爬，像在云中穿梭一般。

下雨了，亨利赶紧把帽子压低一些，穿上外套。

他在天花板上画了一只在云中翱翔的鹰。

到了山顶，亨利遇到一位旅行者。他是从山的另一边爬上来的。

旅行者一直唱着一首歌：

这座山的另一边，这座山的另一边，这座山的另一边，一定能给我自由。

亨利和旅行者坐在山顶。

他们说着笑着，还唱了很多很多的歌。

"你没有鞋子啊！"亨利说，"你还要走多远？"

"像北极的星星一样远。"旅行者说。"那可真远。"亨利说，"穿上我的鞋子吧！"

旅行者穿着亨利的鞋出发。

"谢谢你，朋友！"他挥挥手，大声地说。

亨利也准备下山了。

山路崎岖不平，石头又尖又硬，亨利的脚有些疼。

"哎哟！"亨利被路上的树根和倒下的树干绊了一跤。

甚至，他还踩进了一个兔子洞。

亨利跌跌撞撞翻过了最后一座山峰，蹚过小河。

亨利一整晚都没睡。

他摇摇晃晃地走向小屋时，太阳出来了。

门开了，是山姆。

"有人帮你付了欠的税，亨利。"山姆说，"重获自由的感觉如何？"

亨利笑了。

"就像站在一座高山的顶峰!"他说。

然后，他走向鞋匠铺，准备买一双新鞋。

❧ 关于亨利 ❧

　　亨利·大卫·梭罗是一位伟大的思想家、作家。150多年前，亨利住在美国马萨诸塞州的康科德镇。他喜欢爬山，例如缅因州的卡塔丁山、新罕布什尔州的莫纳德诺克山以及马萨诸塞州的格雷洛克山。他酷爱户外活动和自在地爬山，什么也阻挡不了他在山中漫步。他曾经被关在监狱一晚，即便如此，他并不觉得被困住。他在《论公民的不服从》这样写道："就像在一个远方的国度旅行，而我从没想过会在那里看一看，甚至待上一夜。"

　　因为没有交税，亨利曾入狱。他声称不会给允许部分人买卖并拥有他人的政府交税。这就是奴隶制度，显然亨利对此十分厌恶。他甚至帮助一些奴隶逃到加拿大，让他们重获自由。

　　宁愿入狱也不交税，亨利以实际行动，呼吁更多人停止向当时的政府交税。亨利认为，要是足够多的人因此入狱，国家领导人就会修改法律，永远终止奴隶制度。亨利为此给康科德镇的居民做了一场演讲，也就是著名的《论公民的不服从》。这篇演讲不但成了他最重要的一篇作品，也在全世界被广泛传诵。圣雄甘地运用亨利的理念，帮助印度从英国的殖民统治中解放；在美国，马丁·路德·金也受到亨利的启发，多次入狱，以此促使政府公平对待每一位美国公民。

　　即使亨利·梭罗只在监狱待了一晚，他这种"人民不需要暴力反抗就能改变不合理法律"的理念至今仍被采用。他在著作《瓦尔登湖》里写道：

　　　　夏季即将结束，有天下午，我去村里的鞋匠那儿取鞋，路上被抓进了监狱。因为我没有向政府交税，换句话说，我不承认当局的权力。因为这个政府在议院的门口买卖男人、女人以及孩子，就像贩卖牲口一般。